JN082841

もくれんのつぼみ

2022年　春

津山

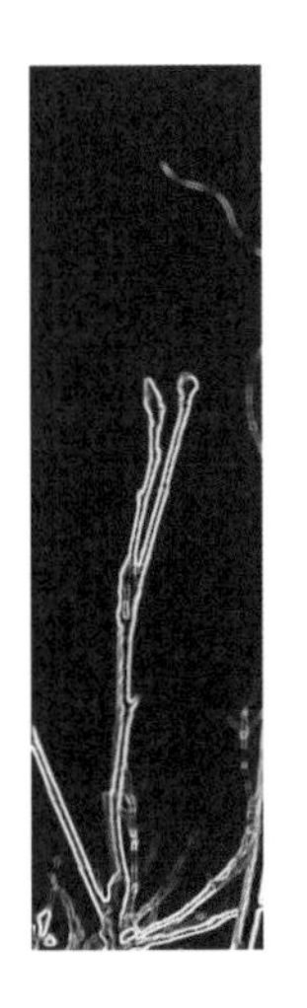

西尾和美・詩

CAP・写真

もくれんのつぼみ

2022年　春

津山

3月5日

もくれんの木がある
いまは　人の住まなくなった　家の庭に

つぼみは　固くて細い
灰色の毛に　つつまれて

まだ　だれの目も　引かない

大きなつぼみも
小さなつぼみも

冷たい空気のなか
天を指している

3月13日

屋根より高く　まっすぐ伸びる
つぼみ

枝を寄せ合って　並ぶ
つぼみ

力強い　つぼみ

窓の下では
つぼみも
窓が気にかかる

晴れた日は　光と戯(たわむ)れ

雲の日は
やわらかなベールに　つつまれて

しっとりと　慈雨(じう)の水滴(すいてき)に濡(ぬ)れる

ほんの少し
思い思いの方向を　向いて

つぼみたちは夢見る

やがて　その一角がほころんで
花の色が　こぼれる朝を

3月19日

青い空で　つぼみたちは
孤独に　風を受ける

夜には　月の光がいたわり
星たちが　語らいの言葉をかける

灌木（かんぼく）に囲まれた　つぼみたちは
短い枝を伸ばす
あちら向き　こちら向きに

伐（か）り採（と）られた　太い幹の痕（あと）に
新しい枝とつぼみ
切り口の樹皮（じゅひ）の内側からも

一本の木にひそむ
自分に咲く色があると　信じる強さ
生き続ける不安に　負けない力

ある日　下のつぼみが
真っ先にほころんだ

こぼれたのは
懐(なつ)かしい　いろ

つぼみは　微笑(ほほえ)む

待望(たいぼう)の色でしょう？

大地に残った幹に　最初のむらさき

傷ついた木へ　届けられた
地と光の祝福

待っていてくれて　ありがとう

3月27日

春の嵐が通り過ぎた青空

つぼみたちが
くっきりと浮かび立つ

ひとつのつぼみも
地に落ちず　首さえ傾けず

信じる枝の先で
変わらず　天を指す

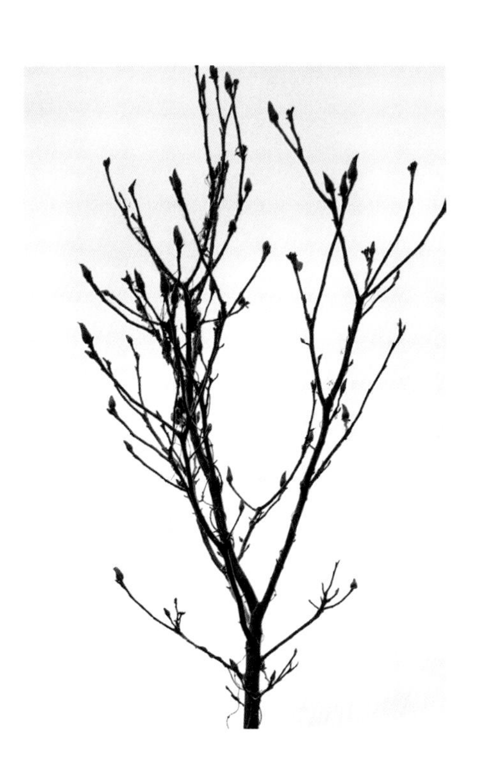

暗い夜
雨に打ちつけられて　痛くなかったか
風にゆさぶられて　怖くなかったか

つぼみたちに
そんな跡形(あとかた)は　片鱗(へんりん)もない

未来を信じる
一途（いちず）さだけが　あるようだ

そのきよらかさが
まぶしい

わたしたちは　いまなお長く
つぼみのまま

いまだ　色はないけれど
嵐さえ　折ることのできない
生命のとき

わたしたちは　いまなお長く
つぼみのまま

いまだ　色はないけれど
つぼみのなかは
色咲く準備に
にぎやかに歌う

信じて待って

信じて生きて　花待つあなたも

きっと　もうすぐ　わたしたちは出会う

4月2日

固い外皮を脱いで現れる　待望の色

上のつぼみから？
いいえ　下のつぼみから

むらさき一色となった　つぼみも
まだ　開かない
身を固く　閉じたまま

それゆえ
いっそう　色は濃く
あでやかさは　際立つ（きわだ）

開き切っていないものだけがもつ
触れがたき高貴

中ほどの高さでも
つぼみは　帽子を脱ぎ始めた

外の空気に　緊張しつつ
むらさきの頭が
そっと　挨拶をする

はじめまして

高い枝のつぼみは

天の光に　もっとも近いけれど

引き締(し)まって細く

控(ひか)えめに　色を覗(のぞ)かせる

上から先に
大きく咲いたりはしない

奢(おご)りなき　花ひらきかた

全身むらさきを現わすそばに
まだ　途上(とじょう)のつぼみ

ひと通りではない　花ひらきかた

満開を迎える　一本の木にある
だれに教えられることもない
美しき哲学

4月9日

もくれんのつぼみたちは　いまや
周辺の建物より　はるかに高く
真っ青な空を背景に
むらさきの花となった

この花たちが
冷たい空気のなか
目立たず　木の枝先にあった
小さなつぼみたち

忘れないでね
固く灰色だった　わたしたちの姿を

忘れないでね
待っていてくれた　あなたの気持ちを

花ひらいた姿は
目を奪う華やかさ

光を受ける内側の色は
明るく　やわらかい

無防備な花びらのままでは
震えるときもある
傷つくときもある

それでも
あでやかさを失わず
やわらかに　ひらき続ける
うつむかずに　咲き続ける

この満開は　わたしたちの渾身（こんしん）の姿

このむらさきは　わたしたちの渾身の色

損（そこ）なうことなど　だれにできよう

今日　わたしたちは

この満開と色を

あなたと共有する

ずっと　信じて待っていてくれたあなたと

今日は　最高の喜びの日

4月16日

夏の陽射(ひざ)しが照りつける日があった
雨の降り続く日があった
冬の冷たさが戻る朝があった

行きつ戻りつしながら
確実に移り変わってゆく
季節の波にゆられて
もくれんの花は咲く

青い空は　変わらないかに見え
花は　咲き続けているけれど

風景は　少しずつ変わる

花たちは　いま
次々に生(お)い出ずる葉と　一緒だ

いちばん高い枝には
この間まで
むらさきの花があった

いまは
緑の葉が伸びる

濃いむらさきの　少し褪(あ)せはじめた
花が見える

強い陽射しと風雨に　曝(さら)されて
花びらは　一枚ずつ
しだいしだいに
色とかたちを　変えてゆく

褪せつつ　咲き続ける花の色は
見る者の胸を打つ

傷ついて　かたちを変える
花びらの繊細（せんさい）は
見る者の弱きこころを　励（はげ）ます

ずっと見事でも　強くもいられない
それが　咲き続けるということ

褪せることも　傷つくことも
この春に咲いた証（あかし）
わたしたちは　すべてに
Yesと言う

ひとつひとつのつぼみが
花ひらいた自然は
ときに慈愛（じあい）に満ち　ときに容赦（ようしゃ）がない

この世界は
どのような一瞬にも
とどまってはいられない
変化しつつ　生きるほか
選択肢はない

ひとすじの道だけがある

夕暮れが　やがて
花も葉も木も　ひとしく　つつみこむ

暮れなずむ空の色

明日の明け方　月は満月になる
月よ　やさしい光でたたえてほしい

余儀(よぎ)なき道をゆく
濃き　淡き　むらさきの花たちの
けなげと勇気を

4月24日

光と雨を受けて
緑の葉が　大きく伸びる

花たちの姿は　いまは見えない

降る雨に　木の根もとの土へ
還(かえ)っていったのだろうか

いや　数は少ないけれど
もくれんの木には
新たなむらさきの花が
繁りゆく緑に囲まれて咲く

遅れてきたものたち

仲間たちが　先に
青い空を背景に
満開に咲いていたとき
その下で　その陰で
なお目立たぬ　固いつぼみだったものたち

そのつぼみたちが
新たな風景のなかで
変わらぬむらさきの花を　咲かせる

満開の期に巡り会って　咲く花
満開の期を過ぎて　咲く花

茂みのなかにも
いくつもの花たち

大きなつぼみは
わずかに　先が咲きそめたばかり

あでやかなむらさきのいろ
全(まった)きかたち

何も変わらない

目立たぬ場所で
こころ魅了(みりょう)する色となる

遅れてきたものたち
それは　希望

移ろう季節のなかで
つぼみが　ひらいたとき
花びらは　傷ついているかもしれない

だが　つぼみには
怖(おそ)れは見えない
不安も見えない

遅れて生きることを
ひとは　怖れる

弱さのときには
ひとは　不安に怯（おび）える

生きることは　もっと無邪気（むじゃき）でいい
ゆっくりと
毅然（きぜん）と

結果は　わからなくていい

遅れてくるものがある

それは　生きて出会う希望

4月29日

雨模様の今日
もくれんの花は　どうしている？

灰色の雲と白い雲の間に
水色の空が　覗く

繁る葉の合間に
むらさきの花が　残る

いいえ
それは　いま咲く　もくれんの花

もくれんの木に
流れる時間に　存在する
いくつもの「いま」

そのときどきにある
にぎわいと孤独

いま　同じときに咲く花は　わずか

けれど　木に脈うつ　自然の律動(りつどう)が
周りを緑の葉で　にぎやかに囲む

遅れてきたゆえに
新緑に彩(いろど)られて　咲く期に出会う
幸いのかたち

まだ寒かった　三月の初め
もくれんの木は　枝だけだった

枝先の目立たない　灰色の小さなつぼみ
美しい花色を　予感させるものはなかった

だが　そこに
すべての始まりがあった

ひと月が経って
つぼみたちは　大きくふくらみ
濃き　あでやかな色が
ほころんだ

花を待った期待と信頼

一週間後
つぼみは　花へとひらいた

あでやかなむらさきに
目とこころを奪われた　満開の風景

花は　内部にも光を受けて　明るさを増し
笑みこぼれているようだった

そのとき　花びらは自身だけで
風雨や陽射しに　耐えてもいたのだ

花たちにあった
ひと知れぬ　懸命

満開の枝に
すでに　小さく萌え出ていた
新緑の葉

成長する葉の一方で
花の色は　褪せていった

少しずつ変わる風景のなかで
毅然としている　ということ

同じ月が　終わるいま
木には　緑の葉が生い繁る

そのなかで
なお　つぼみをひらく花たち
勢いを増す　緑との共存

もくれんの木に生起する
いくつもの「いま」
ひとつひとつ
「いま」が移ろいゆく

期待にも　不安にも　美しさにも
止まらない時が　流れる

5月7日

五月の青い空に
二階屋根より　高く
白い雲より　高く
突き抜けて伸びる　枝葉

強さを増す　光の方向へ
負けずに
大きく　伸びゆく力

まるで
見知らぬ木を　見るようだ

そう　これはもくれんの木

ひと月前までは

ふくらみゆくつぼみに　期待を募(つの)らせ

むらさきの花がひらくのを

一喜一憂して　見守った

あの　もくれんの木

いまは　木全体に

緑の勢いが　みなぎる

花たちは
もう　姿を消してしまったのか

一角に見えるのは
もくれんの花？

確かめてみたい

花が　まだ　そこにいるの？

咲いている！

激しい風雨の日が　あったのに
一輪
こんなに　きれいに咲いて
待っていてくれた

奇跡のようだ！

風雨の痕など　微塵(みじん)もなく
緑の葉のなかで
花は　変わらずに微笑む

感謝の気持ちで
いっぱいになる

この一輪が
美しく　ひらいている時間は
おそらく　長くない

けれど　花のどこに　憂（うれ）いがあろう
明日を憂えることなど　知らない　いじらしさ

この花が
最も遅れてきた　あのつぼみ？

無事に咲いたのだ！
本当によかった！

この春にあった　つぼみたちとの
いくつもの出会い
そして　最後の出会い
忘れない

やがて　落葉の季節を迎えたとき

木は再び　枝だけになり

芽吹きを待つだろう

自然の律動は　本来
寂しさとも　別れとも　無縁だ

だが　寂しさを糧に　別れを糧に
ひとは　紡ぐ

希望という糸を

あとがき ── 二度とない春の一冊 ──

この詩集は、2022年春、岡山県津山市のある紫の木蓮の木を追いかけた写真と、それに付けた詩文から成る。詩文はすべて、架空の設定にもとづいて書かれたものである。実在のいかなる人物ともお宅とも無関係であることを、おことわりしておく。

木蓮の木に毎年、春は巡り来ても、決して同じ花は咲かない。人も、長くも短くもある生で、幾度かの春に出会うが、二度と同じ春を生きることはない。本書は、そのようなただ一度きりの春の記念に制作した。この個人的な一書が、もし著者以外のだれかの手に取られ、何かに触れたなら、まさに望外の邂逅というほかはない。

最後に、未熟な本書の出版に丁寧にお付き合いくださり、こちらの意向を尊重し、ここまでの一冊に仕上げていただいた吉備人出版の山川隆之代表、デザイン担当の守安涼氏のご尽力に、心から感謝いたします。

西尾　和美

著者プロフィル

西尾　和美（にしお かずみ・詩）

1957年、大阪府生まれ。岡山市在住。
研究・教育に携わるかたわら、詩・短歌を作る。

CAP（キャップ・写真）

1956年、岡山県生まれ。岡山市在住。
アウトドア派で、海山の写真を撮ることが好き。

もくれんのつぼみ
2022年　春　津山

2023年1月31日発行

著者　西尾和美・詩
CAP・写真

発行　吉備人出版

〒700-0823 岡山市北区丸の内2丁目11-22
電話 086-235-3456　ファクス 086-234-3210
ウェブサイト www.kibito.co.jp
メール books@kibito.co.jp

印刷　株式会社三門印刷所

製本　日宝綜合製本株式会社

© NISHIO Kazumi, CAP 2023, Printed in Japan
乱丁本、落丁本はお取り替えいたします。
ご面倒ですが小社までご返送ください。
ISBN978-4-86069-688-7　C0092